SÉANCE DE L'ACADÉMIE FRANÇAISE DU 8 MARS 1866.

DISCOURS

DE

M. GUIZOT

DIRECTEUR DE L'ACADÉMIE

EN RÉPONSE

AU DISCOURS PRONONCÉ PAR M. PRÉVOST-PARADOL

POUR SA RÉCEPTION

A L'ACADÉMIE FRANÇAISE

le 8 mars 1866

PARIS

LIBRAIRIE ACADÉMIQUE

DIDIER ET Cie, LIBRAIRES-ÉDITEURS

35, QUAI DES AUGUSTINS

1866

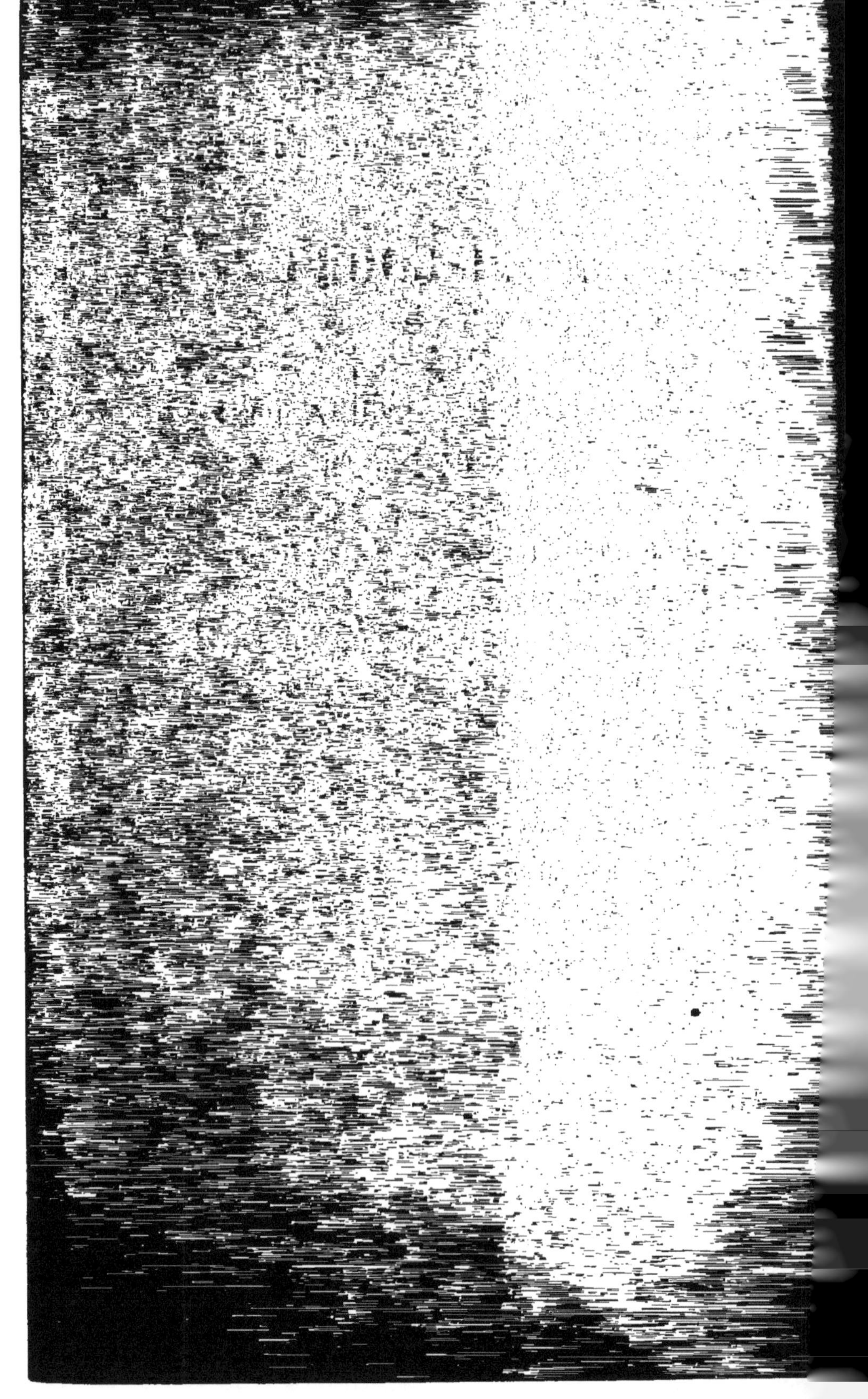

DISCOURS

DE

M. GUIZOT

DIRECTEUR DE L'ACADÉMIE

A LA MÊME LIBRAIRIE :

DISCOURS ACADÉMIQUES.

Discours de MM. Camille Doucet et Sandeau à l'Académie française, le 22 février 1866. 1 fr.

Discours de MM. Dufaure et Patin à l'Académie française, le 7 avril 1864. In-8 de 72 pages. 1 fr.

Discours de MM. le comte de Carné et Viennet à l'Académie française, le 4 février 1864. In-8. 1 fr.

Discours de MM. Berryer et de Salvandy à l'Académie française, le 22 février 1855. In-8 de 80 pages. 1 fr.

Discours de MM. Silvestre de Sacy et de Salvandy à l'Académie française, le 28 juin 1855. In-8 de 64 pages. 1 fr.

Discours de MM. le duc de Broglie et Désiré Nisard à l'Académie française, le 3 avril 1856. In-8 de 60 pages. 1 fr.

Discours de MM. Biot et Guizot à l'Académie française, le 5 février 1857. In-8 de 64 pages. 1 fr.

Discours de MM. le comte de Falloux et Brifaut à l'Académie française, le 26 mars 1857. In-8 de 44 pages. 1 fr.

Discours de MM. de Laprade et Vitet à l'Académie française, le 17 mars 1859. In-8 de 48 pages. 1 fr.

Discours de MM. J. Sandeau et Vitet à l'Académie française, le 26 mai 1859. In-8 de 44 pages. 1 fr.

Discours de MM. Villemain et Guizot à l'Académie française (séance annuelle du 25 août 1859). In-8. 1 fr.

Discours de M. Guizot à l'Académie française, en réponse au discours prononcé par M. Lacordaire, le 24 janvier 1861. 50 c.

Discours de MM. le prince de Broglie et Saint-Marc-Girardin à l'Académie française, le 26 février 1863. In-8. 1 fr.

Éloge de M. Horace Vernet, par M. BEULÉ, prononcé à l'Académie des Beaux-Arts, le 3 octobre 1863. In-8. 1 fr.

Eloge de M. Hippolyte Flandrin, par M. BEULÉ, à l'Académie des Beaux-Arts, le 19 novembre 1864. In-8. 1 fr.

Eloge de M. Meyerbeer, par M. BEULÉ, à l'Académie des Beaux-Arts, le 28 octobre 1865. In-8. 1 fr.

Paris. — Imprimerie de Ad. R. Laine et J. Havard, rue des Saints-Pères, 19

DISCOURS

DE

M. GUIZOT

DIRECTEUR DE L'ACADÉMIE

EN RÉPONSE

AU DISCOURS PRONONCÉ PAR M. PRÉVOST-PARADOL

POUR SA RÉCEPTION

À L'ACADÉMIE FRANÇAISE

le 8 mars 1866

PARIS

LIBRAIRIE ACADÉMIQUE

DIDIER ET Cie, LIBRAIRES-ÉDITEURS

35, QUAI DES AUGUSTINS

1866

DISCOURS

DE

M. GUIZOT

DIRECTEUR DE L'ACADÉMIE

Monsieur,

Je vous dois une bonne fortune qui m'est déjà échue une fois dans cette enceinte, mais dont je n'espérais pas le retour. Il y a neuf ans, j'avais l'honneur de recevoir ici, au nom de l'Académie, un savant illustre, l'une des gloires de l'Académie des sciences, le doyen de l'Institut tout entier. En retraçant la vie et les travaux de M. Biot, je ne rencontrais aucune trace des orages et des dissensions politiques qui, depuis trois quarts de siècle, assaillent notre patrie. C'était une âme vouée au culte de la science pure et au seul désir de découvrir et de répandre la vérité. Et pour que rien ne manquât, ce jour-là, au bonheur de ma mission, celui de nos confrères auquel succédait M. Biot m'offrait le même caractère et le même emploi de la vie. Tel que M. Biot avait été pour les sciences, tel M. de Lacretelle pour les lettres ; même désintéressement de toute autre ambition et de toute autre gloire que l'ambition et la gloire de la pensée ; même dévouement fidèle à la cause de la vérité, pour M. de Lacretelle dans les récits de l'histoire, pour M. Biot dans l'étude de la nature. Je n'avais, en peignant de tels hommes, point de préventions à surmonter, point de ménagements à garder ; je pouvais, à leur exemple, ne me préoccuper que des travaux qu'ils avaient accomplis et du rang qu'ils avaient occupé dans les régions sereines où ils avaient vécu.

Ce n'est pas que M. de Lacretelle et M. Biot fussent indifférents aux questions et aux événements où se débattait le sort de notre patrie ; ils y prenaient l'un et l'autre un vif et sympathique intérêt ; ils avaient l'un et l'autre à cœur les idées et les sentiments généreux qui font l'honneur et l'espoir de notre temps ; et ils soutenaient la bonne cause, toujours par leur autorité morale, souvent par leur publique et courageuse adhésion. Mais étrangers à l'arène politique, ils en contemplaient les luttes et les vicissitudes avec ce détachement de toute prétention personnelle et cette liberté calme de la pensée qui sont une source de lumière autant qu'un gage d'équité.

Dans la mission que l'Académie m'a fait l'honneur de m'imposer aujourd'hui, vous me rendez, M. Ampère et vous, quelque chose de cette situation dont j'ai senti, il y a neuf ans, tout le prix. Vous avez, l'un et l'autre, des cœurs de sincères et sérieux patriotes; mais vous appartenez surtout, l'un et l'autre, aux travaux de la pensée. Les lettres cultivées dans toute l'étendue et la variété de leur domaine, ont rempli et charmé toute la vie de M. Ampère; il ne s'en est distrait ni lassé un seul jour. Votre vocation, à vous, Monsieur, n'est pas aussi certaine et sera peut-être moins exclusive; vous êtes jeune et l'avenir est devant vous; qui sait quelle destinée il vous réserve, et quel emploi il fera de vous pour le service de la France? Vous êtes d'une génération, et l'un des premiers dans une génération en qui la France espère. La France est la patrie de l'espérance; elle s'égare quelquefois à la poursuite de ses grands désirs de progrès et de liberté, et elle ne s'arrête pas toujours au but, même quand elle y touche; mais elle n'y renonce jamais; même fatiguée et découragée en apparence, elle garde toujours dans son cœur ses généreux instincts, décidée à compter toujours sur ses fils, quels qu'aient pu être les mécomptes et les revers de leurs pères. Vous êtes, Monsieur, de ceux à qui il appartient d'aider au succès de notre époque dans sa difficile tâche, la pratique efficace du gouvernement libre. Vous aurez autant, vous n'aurez pas plus de respect et de dévouement que vos devanciers pour la vérité, le droit, la liberté, l'ordre légal, le bien public. Je vous souhaite de moins rudes combats et plus de bonheur.

Vous n'avez pas encore été appelé, Monsieur, à ces sévères épreuves de la vie publique. Jusqu'ici la vie littéraire a suffi à l'honneur de votre nom, et, dans la vie littéraire, aucun succès ne vous a manqué. L'Université a comblé votre jeunesse de ses plus belles couronnes, et elles étaient encore vertes et fraîches sur votre tête quand l'Académie vous a décerné les siennes ; non pas seulement l'Académie française, mais aussi l'Académie des sciences morales et politiques. Vous avez loué Bernardin de Saint-Pierre dans un langage digne de lui et qui est devenu votre langue habituelle, élégante sans recherche et facile avec sévérité. Vous vous êtes montré aussi judicieux et aussi pur comme moraliste que comme écrivain : vous aviez passé toutes vos jeunes années dans les écoles publiques de l'État ; mais, éclairé par les souvenirs charmants et puissants de la tendresse maternelle, vous avez compris et décrit, avec autant de sentiment que de sagacité, la part et le rôle de la famille dans l'éducation. Et le plus considérable (il m'est bien permis de le qualifier ainsi), le plus considérable de vos succès académiques, vous l'avez obtenu sans l'attendre et presque sans le rechercher. Quand, à la mort de M. Ampère, la pensée de l'Académie s'est portée sur vous pour lui succéder, vous voyagiez sur les rives du Nil ; et vous avez pu, il y a précisément un an (le 1er mars 1865), écrire du Caire à l'un de vos amis : « Je veux partir d'ici le 9 ; on veut me garder jusqu'au 19, ce qui me ferait arriver bien tard à Paris, surtout depuis que les journaux m'apprennent que je suis, sans le savoir, candidat à l'Académie française. » Vous étiez, en effet, candidat sans le savoir, et vous êtes devenu académicien presque aussitôt que candidat.

Vos titres, Monsieur, étaient de ceux qui sont faits pour plaire particulièrement à l'Académie. Vous ne vous êtes pas contenté de cultiver brillamment les lettres; vous les avez habilement enseignées. Et vous avez appris à vos auditeurs non-seulement à les cultiver, mais à les aimer. Vous avez appelé et nourri dans leur âme la passion du beau en même temps que le goût des grandes études. Et lorsque, plusieurs années après que votre enseignement dans la Faculté des lettres d'Aix avait cessé, vous avez vu vos anciens élèves empressés à se réunir autour de vous, vous leur avez adressé pour adieu ce noble conseil : « Restez fidèles au culte des lettres; vivez le plus longtemps possible dans la fréquentation des écrivains immortels qui ont exprimé avec le plus de bonheur les meilleures pensées de l'humanité. Plus vous les connaîtrez, plus vous aimerez la justice et l'honneur ; plus vous serez éloignés de ce qui pourrait émousser votre sens moral et affaiblir la dignité de votre âme. »

Vous avez suivi pour vous-même, Monsieur, le conseil que vous saviez si bien donner. Le même amour des lettres, la même passion du vrai et du beau qui avaient animé votre enseignement se sont répandus, comme un suave et salutaire parfum, dans tous vos écrits. Soit que vous vous soyez appliqué à caractériser les grands moralistes de la France, Montaigne, Pascal, la Bruyère, la Rochefoucauld, Vauvenargues, soit que vous ayez pris à tâche de mettre en lumière les mérites des grands écrivains des temps et des pays divers, poëtes ou prosateurs, historiens, orateurs ou philosophes, Aristophane et Lucrèce, Démosthène et Sénèque, Thucydide, Tacite et Macaulay, vous avez gardé et porté dans tous vos travaux cette généreuse puissance d'admiration, cette vive sympathie pour les chefs-d'œuvre de l'esprit humain qui font l'honneur et l'autorité de la critique littéraire. Et, par un juste retour, vous avez puisé, dans votre mission ainsi conçue et accomplie, des jouissances si douces et si confiantes qu'en terminant l'un de vos essais vous les avez exprimées en paroles charmantes que je demande la permission de répéter ici, car elles ne sont nulle part mieux placées que dans cette enceinte : « Salut, Lettres chéries, douces et puissantes consolatrices ! Depuis que notre race a commencé à balbutier ce qu'elle sent et ce qu'elle pense, vous avez comblé le monde de vos bienfaits ; mais le plus grand de tous, c'est la paix que vous pouvez répandre dans nos âmes. Vous êtes comme ces sources limpides, cachées à deux pas du chemin, sous de frais ombrages ; celui qui vous ignore continue à marcher d'un pas fatigué ou tombe épuisé sur la route ; celui qui vous connaît accourt à vous, rafraîchit son front et rajeunit en vous son cœur. Vous êtes éternellement belles, éternellement pures, clémentes à qui vous revient, fidèles à qui vous aime. Vous nous donnez le repos ; et si nous savons vous adorer avec une âme reconnaissante et un esprit intelligent, vous y ajoutez par surcroît quelque gloire. Qu'il se lève d'entre les morts et qu'il vous accuse, celui que vous avez trompé ! »

Pourquoi une teinte de mélancolie perce-t-elle, Monsieur, dans ce noble langage ? Pourquoi, si jeune encore, parlez-vous des lettres en homme qui éprouve déjà le besoin de se reposer et de se rafraîchir à leur ombre ? Je vous comprends, Monsieur : si vous n'êtes pas encore entré dans la vie publique, vous avez pris, dans la polémique politique, un rôle actif et éminent ; vous avez connu ses orages et ses périls ; vous avez porté et reçu ses coups. La presse périodique est une brillante et séduisante arène ; mais on n'y lutte pas, on n'y brille pas sans fatigue et quelquefois sans déplaisir. Ne regrettez pas, Monsieur, de vous y être vivement engagé ; vous y avez donné un bel exemple d'indépendance et de fidélité dans vos convictions, d'élévation tempérée dans vos idées et vos sentiments, de dignité fine et éloquente dans votre langage. On s'est plaint souvent, non sans raison, tantôt des excès, tantôt des défaillances de pensée et de parole où tombe quelquefois la presse périodique ; le public voudrait avoir les services qu'elle lui rend et les plaisirs qu'elle lui procure sans en courir les risques et en supporter les fautes. C'est une vaine et utopique prétention : le bien et le mal se mêlent dans toutes les institutions et toutes les forces de ce monde ; on n'en recueille pas les fruits sans en accepter les charges ; on n'en profite pas sans en souffrir. La concurrence et la lutte du bien et du mal, de la vérité et de l'erreur, des bonnes et mauvaises passions, c'est, dans la presse comme ailleurs, la condition et la vie des pays libres. Que le bien, la vérité, les bonnes passions aient des champions dévoués et persévérants; que, chez les interprètes des idées et des tendances diverses, le niveau général et le ton habituel de la polémique s'élèvent ; qu'ils s'appliquent, chacun dans sa ligne, à être les représentants de la portion la plus éclairée, non de la tourbe du parti qu'ils servent ; c'est ainsi que la presse périodique peut conquérir et conserver la liberté dont elle a besoin pour remplir sa mission et pour faire oublier à quel prix on achète quelquefois ses bienfaits. C'est votre honneur, Monsieur, d'avoir appelé et poussé la presse périodique dans cette voie en y marchant constamment vous-même : « Je fais mon journal pour cinq cents personnes en Europe, » me disait, il y a trente ans, M. Bertin de Veaux, l'un des deux habiles frères qui ont fondé l'un de nos plus éminents journaux. Vous aussi, Monsieur, vous êtes de ceux qui visent haut, même quand ils s'adressent à tout le monde; vous vous êtes toujours attaché, dans votre polémique, à combattre les plus distingués de vos adversaires et à satisfaire les plus difficiles de vos amis.

Vous avez eu, Monsieur, d'autant plus de mérite à tenir fidèlement cette route haute, que vous y êtes entré, vous y avez marché dans des temps troublés et difficiles, à travers tantôt de violents orages, tantôt de pesants obstacles. Quelle différence, Monsieur, entre l'époque de vos débuts dans la vie et celle des débuts de votre heureux prédécesseur ! J'appelle M. Ampère heureux, car au même moment où le goût passionné de l'étude et des lettres s'emparait de son âme, le même goût, la même passion s'éveillaient partout autour de lui. Aux jours de l'héroïsme guerrier succédaient les jours de l'élan intellectuel; les gloires de la pensée aspiraient à reprendre place à côté de la gloire des armes; la littérature, la philosophie, l'histoire, la poésie, l'éloquence retrouvaient des esprits dévoués à leur service et un public empressé à les accueillir. C'était l'une de ces renaissances qui attestent la rapide élasticité et l'inépuisable fécondité de notre patrie dans la variété de ses destinées et de ses travaux.

A ce bonheur de marcher ainsi, dès ses premiers pas, poussé et soutenu par le concours sympathique de toute sa génération, M. Ampère en a joint un autre; il est resté, dans tout le cours de sa vie, fidèle à l'élan de sa jeunesse et à l'esprit de son temps; il a offert un culte constant à l'astre sous lequel il était né. Les révolutions et les guerres isolent les peuples en les préoccupant exclusivement d'eux-mêmes et des terribles chances de leur destinée; ce n'est qu'au sein de la paix et de la liberté qu'ils apprennent et qu'ils prennent plaisir à se connaître, à se comprendre, à s'étudier et à se développer mutuellement. Ce fut là le fait nouveau qui éclata en France quand la liberté y entra avec la paix. Une curiosité universelle pour tout ce qu'ont fait ou pensé, goûté ou souffert les hommes, n'importe en quel siècle et en quel lieu ; une généreuse sympathie pour toutes les grandes œuvres des nations diverses et de leurs illustres représentants ; le goût passionné du vrai et du beau, sous quelque forme qu'ils aient paru et quelque langue qu'ils aient parlée; tel était le grand caractère du mouvement intellectuel auquel se livra la jeune génération qui comptait M. Ampère dans ses rangs : tous les pays, toutes les langues, toutes les littératures, toutes les histoires devinrent pour elle des objets favoris d'intérêt et d'étude. L'horizon du monde entier s'était ouvert, prochain ou lointain, ancien ou moderne, et les esprits s'y promenaient en tous sens avec une libre intelligence et une large équité.

C'est l'original et éminent caractère de M. Ampère d'être resté le fidèle représentant de ce grand mouvement intellectuel qui a signalé l'époque de la Restauration. Bientôt la plupart de ses compagnons, sans se séparer du premier élan qu'ils avaient partagé avec lui, prirent chacun sa route propre et déterminée : la politique attira les uns ; la philosophie, la poésie, l'histoire, l'érudition, la critique littéraire devinrent l'occupation favorite des autres ; les vocations spéciales se prononcèrent, pour les goûts de l'esprit comme pour les travaux de la vie ; M. Ampère resta animé de tous les goûts, empressé à tous les travaux, plein de toutes les belles ambitions de l'étude et de la pensée qui avaient ému sa jeunesse ; la littérature, la philosophie, l'histoire, la poésie, l'érudition le préoccupaient tour à tour. Non pas la littérature ou l'histoire d'un peuple ou d'un siècle ; non pas tel ou tel système de philosophie, telle ou telle recherche savante sur telle ou telle question difficile et obscure ; toutes les questions, toutes les idées, toutes les œuvres, toutes les destinées de l'humanité avaient droit et pouvoir sur son âme. Il ne se contenta pas de les connaître de loin et par le témoignage un peu froid des livres ; il voulut voir les lieux et les peuples mêmes, les monuments du passé à leur place, l'esprit humain sur les théâtres de son actif développement dans les diverses sociétés humaines. Il alla partout, dans l'ancien et le nouveau monde, au milieu des ruines des vieux palais et sur les chantiers des cités naissantes ; l'Europe, l'Afrique et l'Amérique, l'Occident et l'Orient, le Nord et le Sud, l'Allemagne comme l'Italie et la Grèce, la Norvége comme l'Égypte se partagèrent ses courtes années et ses modestes ressources. Il est curieux de tout ; il comprend tout ; il a de la justice et de la sympathie pour tout ce que les hommes ont fait de bon et de beau dans leur passage sur la face de la terre. Et lorsqu'il rentrait, je ne dirai pas dans ses foyers, car il n'en avait point; partout, presque autant en France que hors de France, il vivait comme un passager et un hôte; mais enfin, quand la vie sédentaire remplaçait momentanément pour lui la vie errante, la même étendue d'esprit, la même équitable sympathie qui l'avaient poussé et animé dans ses voyages reparaissaient dans ses écrits; l'histoire littéraire de la France avait été l'objet particulier de son étude et de cet enseignement qui a laissé de si utiles exemples et de si charmants souvenirs; mais l'histoire littéraire de l'Allemagne, du Danemark, de la Suède, de l'Italie, gardait sa place dans ses goûts et dans ses leçons; les traditions poétiques des Scandinaves ne l'intéressaient pas moins que celles de notre moyen âge; les hiéroglyphes de l'Égypte le préoccupaient autant que les origines de notre langue. Et lorsque la science moderne est entrée dans des pays où il n'avait pu porter lui-même ses pas, les travaux des hommes éminents qui en faisaient l'objet de leur étude spéciale lui ont inspiré la plus vive reconnaissance; il s'est appliqué à faire bien connaître et apprécier les savantes recherches de M. Abel Rémusat sur la Chine, de M. Eugène Burnouf sur l'Inde et Zoroastre, de M. Mohl sur la Perse, avec autant d'ardeur que s'il se fût agi de ses propres travaux.

Pourtant, au milieu de cette sympathie si générale et

si désintéressée, un lieu, un séjour, une histoire avaient obtenu la prédilection de M. Ampère et conquis presque toute son âme. C'était à Rome qu'il se plaisait à vivre; c'était de Rome qu'il aimait surtout à s'occuper. Vous venez, Monsieur, d'indiquer avec un rare bonheur les causes morales qui fixaient ainsi dans Rome M. Ampère, et les mérites de cet ouvrage, charmant mélange d'érudition minutieuse et d'imagination un peu hazardeuse dans lequel il a entrepris de retrouver, sur le sol même de Rome et à chaque pas, l'histoire romaine tout entière. A votre tableau de ces sentiments et de ce travail de M. Ampère, je n'ajouterai qu'un trait dont mes entretiens avec lui m'ont laissé le souvenir. Il assistait avec tristesse à l'état actuel de Rome et à l'incertitude de ses destinées. Il avait à cœur ce grand fait qui est l'une des gloires de l'histoire des hommes, la cité souveraine du monde païen devenue la capitale indépendante du monde chrétien, et le droit d'asile assuré à toutes les grandeurs terrestres déchues, sous la protection de la croix et sur les tombes de ses martyrs. M. Ampère se demandait avec une anxiété affectueuse ce que serait Rome si elle cessait d'être ce qu'elle est depuis tant de siècles, la ville unique entre les grandes villes de la terre, attrayante et puissante par la seule vertu des croyances et des souvenirs. Les esprits élevés et équitables ne veulent pas croire que les droits divers ne puissent pas obtenir le même respect, ni que l'avenir des peuples exige la ruine de leur passé, ni qu'il soit impossible d'assurer aux Romains leur juste part de progrès social et de liberté sans que la situation européenne du chef de l'Église catholique soit dénaturée et détruite.

En présence de tant de travaux purement scientifiques et littéraires, on est tenté de penser que la science, les lettres, les affaires et les plaisirs de l'esprit absorbaient M. Ampère tout entier et remplissaient seuls sa vie. L'erreur serait grande et M. Ampère bien mal connu. A cette intelligence si curieuse et si active se joignait, en lui, un cœur sensible jusqu'à la passion et affectueux jusqu'à la tendresse. Dès son enfance et dans l'ébullition de sa jeunesse, il vivait, avec son père, dans une intimité que la diversité même de leur nature et de leurs goûts entretenait au lieu de l'altérer. Le père, si profondément plongé dans les recherches et les conquêtes des sciences physiques, ne pouvait se passer de la présence et de la société de son fils : « Ton absence, lui écrivait-il (1), fait sur moi comme le mal du pays sur les Suisses et les Lapons. Ballanche a parlé de la nostalgie céleste ; je suis tourmenté de la nostalgie paternelle. » Du fond de son laboratoire scientifique, ce génie méditatif et inventif se préoccupait avec une vive sollicitude des essais poétiques de son fils, lui donnait des conseils, lui proposait des corrections dans ses vers, lui promettait le bon vouloir de Talma pour sa tragédie de

(1) Le 21 mars 1824.

Rosmunde (1). Le fils avait, dans la sympathie littéraire de son père, une si douce confiance qu'il lui écrivait le 31 décembre 1823 : « Je ne peux pas finir l'année d'une manière qui te soit plus agréable qu'en terminant les dernières corrections de *Rosmunde*. Je ne peux pas t'envoyer d'étrennes qui te fassent plus de plaisir, et pour le souhait de bonne année, je sais tellement combien tu m'aimes que ce que je te souhaite, c'est le succès de mon ouvrage. » Et lorsque, à son tour, le grand physicien informait son fils des découvertes qu'il venait de faire dans les secrets de la nature : « Quel plaisir m'a fait ta lettre, lui répondait son fils (2); que je suis content de ton succès! Que tu dois être heureux d'avoir révélé une vérité nouvelle! Crois que je la conçois bien, cette joie désintéressée, ce sentiment plein de grandeur et de pureté dans lequel se repose l'homme qui a découvert ce qui est. »

Dans ses relations avec ses jeunes amis, avec les compagnons familiers de sa vie, au sein de leurs confidences mutuelles sur les troubles de leur âme, M. Ampère portait le même élan d'affection, d'épanchement, et de confiance : « Glissons ensemble, écrivait-il, à l'un d'eux, en 1820, à travers l'oubli et les ténèbres du doute infini. Il y aura encore, pour nous, des instants délicieux et des minutes ravissantes, mais voilà tout; le durable,

(1) Les 25 janvier et 25 février 1824.

(2) Le 23 juin 1830.

le constant, le repos est impossible. Pourquoi le répéter? Ne le savons-nous pas? Oublions et le temps et l'univers, et la vie et l'éternité ; et berçons-nous dans la douceur passagère et immense du sentiment présent. Oui, je vous le dis avec une foi profonde et intime : *nous sommes*, *car nous aimons*. Là, il n'y a place pour aucun scepticisme. »

Un cœur si chaud, en dépit des perplexités de l'esprit, méritait les plus rares faveurs des affections humaines. C'est l'incomparable fortune de M. Ampère d'avoir obtenu, dès sa jeunesse et jusqu'à ses derniers jours, ces amitiés charmantes auprès desquelles l'homme vient goûter la plus douce récompense des succès de sa vie, se reposer de ses fatigues et oublier ses tristesses. Au témoignage que vous avez rappelé, Monsieur, de ce bonheur de M. Ampère en prononçant le nom et en rouvrant le salon de Mme Récamier, je me permettrai d'en ajouter un autre, moins brillant, mais aussi remarquable par la vérité du portrait qu'on y trace de lui que par la dignité franche et simple du sentiment qui s'y manifeste : « Je suis heureuse, écrivait-on, que vous lisiez avec intérêt les excellents articles de la *Revue des Deux-Mondes*, et j'espère vous faire connaître un jour leur si charmant auteur. Unissez, chère amie, un cœur adorable à un esprit éminent ; unissez une conversation intarissable, qui instruit toujours et ne fatigue jamais, où la gaieté la plus fine et la plus contagieuse se mêle, dans une mesure exquise, à des connaissances infinies.

Ajoutez à cela une solidité et une délicatesse incomparables dans l'affection, et vous aurez l'esquisse, à peu près ressemblante, de cet homme rare. Il va sans dire que nous ne nous blasons pas sur l'inestimable bonne fortune qui nous fait vivre dans son intimité de tous les jours. »

C'était en effet dans l'intimité de tous les jours que M. Ampère se révélait et se donnait tout entier. Sous des formes quelquefois distraites et négligées, il portait une richesse d'idées et de faits, une sincérité d'impressions, une vivacité d'expression, un abandon plein tour à tour de bonté et de malice, un naturel dans ses sympathies et ses antipathies qui faisaient de lui le causeur le plus attrayant, et inspiraient, pour lui, à ceux qui l'entouraient, autant de curiosité et de bienveillance qu'il répandait d'instruction et d'amusement devant eux.

Je pourrais, je devrais peut-être, Monsieur, m'arrêter ici, et tenir ma mission pour accomplie, comme la vôtre. Mais il y a, dans le caractère et la vie de M. Ampère, un trait qu'on ne pressentirait peut-être pas, d'après ce que nous venons, vous et moi, de dire de lui, et que je me fais un devoir de rappeler. Cet esprit si libre, qui s'était si franchement associé au mouvement philosophique de son temps, et pour qui, à vingt ans, les affections du cœur étaient seules à l'abri du scepticisme, écrivait, dans cette même année, à l'un de ses amis : « Je conçois maintenant plus que jamais le christianisme comme étant la loi sous laquelle le genre humain doit se ranger, et c'est à établir cette *folie sublime* dont parle saint Paul, cette religion du dévouement, de l'amour de Dieu et de l'amour des hommes, que doivent tendre tous nos efforts. » Et treize ans plus tard, en 1833, passant à Dieppe quelques semaines de repos, il écrivait à Mme Récamier : « Je cherche à me nourrir, à me pénétrer de sentiments chrétiens. Je tâche à ne point me faire illusion sur ce que je crois et ne crois pas, mais à tirer tout le parti possible de ce que je crois. Ceci est une véritable retraite, comme on en prescrit à ceux qui se veulent convertir. Puisse cette nouvelle vie morale, dont l'aurore s'est levée en moi, ne pas s'évanouir au premier souffle! C'est vous, n'est-ce pas, qui me défendrez des rechutes? »

Pour nourrir et développer ces religieuses dispositions, les épreuves de la vie sont encore plus puissantes que les influences personnelles, même les plus douces. Ni les unes ni les autres n'ont manqué à M. Ampère; il a vu mourir les personnes qui lui étaient le plus chères; la maladie et ses langueurs l'ont atteint lui-même; un jeune prêtre de l'esprit le plus élevé et du cœur le plus doux, devenu son ami et l'ami de ses meilleurs amis, l'abbé Henri Perreyve lui a apporté les seules consolations efficaces, la sympathie humaine et l'espérance chrétienne. M. Ampère mourant les a accueillies avec une modestie confiante, et s'est éteint dans la paix de leur empire. Quelques mois après lui, le consolateur aussi, l'abbé Perreyve est mort, dans la fleur de la jeunesse, de la foi et de la vertu.

Vous ne vous étonnez pas, Monsieur, et dans cette généreuse assemblée personne, à coup sûr, ne s'étonne des régions où me conduisent les souvenirs de la vie et de la mort du confrère qui nous laisse de si profonds regrets. Quand l'Académie, dès son origine, a voulu que le nouveau membre qu'elle acquérait et celui qu'elle chargeait de le recevoir en son nom l'entretinssent des travaux et des mérites de celui qu'elle avait perdu, elle n'a pas institué une vaine formalité, ni demandé un banal éloge; elle a voulu témoigner, pour la mémoire des hommes éminents qui lui avaient appartenu, un pieux respect, et recueillir, dans leur vie comme dans leurs œuvres, de beaux exemples d'amour pour la vérité, de probité intellectuelle, de goût sérieux et fidèle pour les lettres, pour la culture et le développement de tous les germes divins déposés dans l'âme humaine. Dans la vie et les travaux de M. Ampère, ces exemples abondent. Vous méritiez, Monsieur, d'être appelé à les mettre en lumière. Et pour moi, je me félicite de m'être trouvé, sur le penchant de mes derniers jours, chargé par l'Académie d'unir votre nom à celui d'un homme si justement honoré de tous ceux qui l'ont connu de loin, si justement cher à tous ceux qui ont vécu près de lui.

Paris. — Typ. de Ad. Lainé et J. Havard, rue des Saints-Pères, 19.

www.ingramcontent.com/pod-product-compliance
Ingram Content Group UK Ltd.
Pitfield, Milton Keynes, MK11 3LW, UK
UKHW022205190726
13855UKWH00004B/1623

9 782013 04918